Bibliografische Information der Deutschen Nationalbibliothek. Die Deutsche Nationalbibliothek verzeichnet diese Publikation in der Deutschen Nationalbibliografie; detaillierte bibliografische Daten sind im Internet über http://dnb.d-nb.de abrufbar.

Herstellung und Verlag:
BoD – Books on Demand, Norderstedt
ISBN: 9783756869459

Printed in Germany

Die Nebelschwaden

Bernds Illusionen

Susanne Hottendorff

Die Nebelschwaden

Bernds Illusionen

Kapitel 1

Die Sonne war schon untergegangen. Eine schmale Sichel des Mondes schaute unter dem Wolkenband hervor. In der Stadt legte sich der Trubel, nur noch vereinzelt fuhren Autos durch die Straßen. Es sollte eine ruhige Nacht werden. Am Ufer des Flusses dieser Stadt standen einige Bänke. Sie luden ein zur Rast und zum Ausruhen. Eine dieser Bänke stand unter einer großen und schon sehr alten Kastanie. Im Herbst sammelten die Kinder die Früchte auf und bauten daraus Männchen zur Dekoration. Oder sie brachten sie dem Förster, der den Stadtwald betreute, um sie an das Wild zu verfüttern.

Bernd Lesser, ein Bürger dieser Stadt, liebte diese Bank unter der Kastanie. Auch an diesem Abend hatte er wieder dort Platz genommen. In einer kleinen eher unscheinbaren Tasche hatte er sich etwas Proviant mitgebracht. Eine Flasche Bier und einige Kräcker, nichts besonderes. Er schaute über den Fluss auf die andere Seite, die er kaum noch erkennen konnte. Es war kurz nach 23 Uhr. Bernd gehörte zu den Bürgern dieser Stadt, die sich so gerade über Wasser halten konnten. Er hatte viele Jahre gearbeitet und bezog jetzt eine kleine Rente. Er lebte alleine, seine Frau hatte ihn schon vor Jahren verlassen. Ihr genügte das Einkommen ihres Mannes nicht, sie wollte mehr. Mehr Ansehen, mehr

Aufmerksamkeit, mehr Geld und, wie sie immer sagte, mehr vom Leben. Das allerdings konnte Bernd ihr nicht bieten. Sie packte ihre Siebensachen und verließ ihren Mann. Wohin wusste Bernd nicht, es war ihm auch egal.

Eine Person näherte sich dem Mann auf der Bank. Sie ging mit festen Schritten und hielt auch nicht inne, als sie die Bank erreichte. Bernd atmete entspannt aus. Es kam hier immer mal wieder zu Übergriffen auf Personen. Die Täter suchten nach Geld, nach Wertsachen und es war ihnen egal, was sie mit ihren Opfern antaten. Es kam auch zu Gewalt und es hatte auch schon Tote gegeben. Bernd versuchte sich nicht damit zu belasten. Er kam, wann immer es das Wetter zuließ, zu „seiner" Bank am Flussufer. Er öffnete die Flasche Bier und nahm einen Schluck. Es beruhigte ihn, es war ein Art Ritual. Selten gesellte sich eine andere Person zu ihm. Und es war gut so. Konversation wollte Bernd hier nicht. Er wollte Ruhe und einfach nur den Blick auf den Fluss genießen. Gegen 0.15 Uhr machte sich der Mann wieder auf den Weg nach Hause. Er hatte ungefähr zehn Minuten Fußweg vor sich, bis er das Mehrparteienhaus erreichte. Er schloss auf und ging in den vierten Stock hinauf. Seine kleine Zweizimmerwohnung war einfach eingerichtet. Es gab keinen Schnick-schnack, keine wertvollen Möbel oder Bilder. Im Wohnzimmer standen ein

Sofa, zwei Sessel und ein Tisch. Und ein Fernsehgerät, nicht das modernste, aber es funktionierte! Bernd machte sich frisch und ging dann direkt ins Bett.

Der nächste Morgen war wie alle nächsten Morgen. Die Tage unterschieden sich nur darin, dass Geschäfte geöffnet hatten oder geschlossen waren. Der einsame Mann trank eine Tasse Kaffee und aß eine Kleinigkeit. Meist ging er dann zum Kiosk und kaufte sich eine Tageszeitung, manchmal auch zwei, je nachdem, was es an Berichten zu lesen gab. Bis zum Mittag beschäftigte sich Bernd mit den Zeitungen, jedes Wort wurde gelesen, jedes Kreuzworträtsel gelöst, jede Anzeige studiert. Dann gab es eine Kleinigkeit zum Mittag. Etwas Suppe oder ein Stückchen Brot mit Aufschnitt. Viel konnte sich der Mann nicht leisten. Es reichte jedoch um zu überleben und um sich ab und zu eine Flasche Bier zu leisten. Und den Abend verbrachte er vor dem TV schaute sich Nachrichten oder Spielfilme an. Und dem Höhepunkt seines Tages fieberte Bernd den ganzen Tag entgegen. Der Weg zum Ufer des Flusses zu seiner Bank.

An einem dieser Tage, der Mond war total hinter den Wolken versteckt, ereignete sich etwas Seltsames. Bernd saß wie immer auf der Bank. Ihm wurde seltsam schwer, sein Herz schlug schnell. Er atmete tief durch, so als würde er nicht genügend Luft bekommen. Dann sah er eine weiße Wand auf sich zukommen. Sie wabberte über den Fluss und näherte sich langsam aber stetig. Als diese weiße Wand, sie sah aus wie eine feste Wolke, das Ufer erreichte, kroch sie langsam hoch, bis sie die Bank erreicht hatte. Dann verlor Bernd sein Bewusstsein.

Ein Fremder, der auf dem Weg nach Hause war, fand den leblosen Körper auf dem Boden. Er schüttelte ihn und sprach ihn an. Tatsächlich öffnete er die Augen und sah völlig irritiert in das Gesicht des Fremden. Dieser half ihm auf und Bernd setzte sich wieder auf die ihm so vertraute Bank.

„Geht es Ihnen gut? Kann ich helfen?", fragte der Unbekannte.

„Ich weiß nicht, was passiert ist. Wieso lag ich auf dem Boden?", stellte Bernd fest.

Er schaute sich um und warf dabei einen Blick auf seine Armbanduhr. Etwa dreißig Minuten schienen ihm zu fehlen.

„Ich war nicht müde. Ich habe hier gesessen, dann weiß ich nicht weiter. Vielen Dank für Ihre Hilfe. Es geht mir gut."

Der Fremde versuchte noch, Bernd zu einem Besuch im Krankenhaus zu bewegen, jedoch vergeblich. Und dann setzte er seinen Weg nach Hause fort.

Auch Bernd stand von seiner Bank auf und ging nach Hause. Immer wieder versuchte er das Loch in seiner Erinnerung zu füllen. Ohne Erfolg. Zu Hause angekommen machte er sich fertig und ging ins Bett. Die Nacht würde ihm helfen das Erlebte zu verarbeiten oder sogar sich wieder zu erinnern.

Am nächsten Morgen schlug Herr Lesser seine Augen auf. Er setzte sich vorsichtig hoch und schaute sich im Raum um. Er war zu Hause. Alles war wie immer. Daraufhin stand er auf und bereite sich ein kleines Frühstück zu. Als der heiße Kaffee durch seine Kehle lief kamen Bilder vor seinem inneren Auge hoch. Er sah sich in einem Supermarkt einkaufen. Es gab viele Waren und er schob seinen Einkaufswagen durch die Gänge. Am Ende, als der Wagen schon gut gefüllt war, ging er zum Ausgang. Es gab keine Kassen, keine Kontrollen. Er durchschritt die Tür und da verloren sich die Bilder im Kopf wieder. Bernd schüttelte sich und trank weiter seinen heißen Kaffee. Auch heute führte sein Weg zum Kiosk, er kaufte sich seine Tageszeitung und versuchte mit dem Verkäufer ins Gespräch zu kommen.

Sie sprachen, wenn keine anderen Kunden am Kiosk standen, öfter einige Worte miteinander. Er kam schon so lange zum Kiosk, man kannte sich einfach.

„Und? Bei dir alles im grünen Bereich?"

„Jo. Wie immer. Nicht passiert. Kein Lottogewinn. Keine neue Liebe. Alles wie immer. Und bei dir?", gab der Kioskbesitzer die Frage zurück.

Daraufhin erzählte Bernd von seiner sonderbaren Erfahrung am gestrigen Abend. Der Kioskbesitzer fragte ihn, ob er vielleicht etwas zu viel Alkohol getrunken hätte. Bernd verneinte. Den Tipp, doch einen Arzt aufzusuchen, verwarf er. Es war ja nichts passiert, es ginge ihm gut. Wozu also. So verlief dieser Tag, wie alle anderen Tage in dem eher traurigen Leben des Bernd Lesser.

Bis er an einem Morgen in der Zeitung einen Artikel las, der über besondere Vorkommnisse in der Region berichtete. Dort soll es zu seltsamen Erscheinungen in den späten Abendstunden gekommen sein. Einige Personen, die der Reporter befragte, berichteten von unerklärlichen weißen Wolken, die durch die Straßen gezogen wären. Auch sollen einige Personen ohne Erklärung umgefallen sein. Jetzt wurde Bernd sehr wach und suchte nach den Kontaktdaten des

Reporters, der diesen Artikel in der regionalen Tageszeitung geschrieben hatte. Dem wollte er auf alle Fälle nachgehen. Vielleicht konnte er so mehr darüber erfahren.

Tatsächlich erreichte er im Verlag jemanden, der ihm versprach der Redakteur würde sich beim ihm melden. Alle fünf Minuten schaute er auf die Uhr, so aufgeregt war er und konnte es kaum abwarten. Als endlich das Telefon läutete wäre er fast auf dem Weg ins Wohnzimmer gestolpert. Der Mann am anderen Ende der Leitung schien neugierig zu sein, er stellte diverse Fragen. Dann endlich konnte Bernd auch etwas sagen und stellte seine Fragen.

„Ich habe auch etwas Ähnliches erlebt. Ich würde mich gerne mit den anderen Betroffenen austauschen. Könnte ich die Telefonnummern erhalten?", fragte er den Reporter.

„Das geht nicht. Es gibt einen Datenschutz! Wie stellen Sie sich das vor?", konterte der Mann und war sehr erregt.

„Dann machen wir es anders. Sie rufen die Leute an und geben ihnen meine Telefonnummer und bitten, mich anzurufen. Oder Sie organisieren ein Treffen mit allen Betroffenen. Dann haben Sie gleich eine neue Story", schlug Bernd vor.

Die Antwort lies einen Moment auf sich warten. Der Mann schien zu überlegen.

„Einverstanden. Ich frage alle Interviewten und organisiere ein Treffen. Am besten in einer Kneipe. Was halten Sie davon?", fragte er dann.

„Ich bin einverstanden. Ich habe immer Zeit. Melden Sie sich, wenn Sie wissen, wann und wo es stattfinden wird! Ich bin sehr gespannt."

Nun hatte Bernd etwas Neues, etwas Spannendes, auf das er sich freuen konnte.

Die Tage vergingen viel zu langsam. Bernd ging wie immer am Abend zu seiner Bank. Jedoch traf er lediglich auf Fußgänger, Hundebesitzer und Jugendliche, die zu dieser Zeit hätten schon längs zu Hause sein sollen. Ihm passierte nichts, er fiel auch nicht von der Bank und in der Nacht kamen ihm weder seltsame Träume noch am Morgen unklare Bilder vor sein inneres Auge. Es war wie immer, normal und unspektakulär.

Dann endlich kam der Anruf der Redaktion. Am kommenden Sonnabend sollte das Treffen mit allen Interessierten stattfinden. Man hatte ein kleines Lokal vorgeschlagen, in dem die Redaktion einen separaten Raum für das Treffen angemietet hatte. Nun hatte Bernd ein Ziel, auf das er sich freuen konnte!

Das kleine Lokal lag nur wenige Minuten entfernt von seiner Wohnung. Frohen Mutes und mit einem ganzen Batzen Erregung betrat er das Lokal. Die Bedienung brachte ihn in den angemieteten Nebenraum. In der Mitte des Raumes stand ein ovaler Tisch, darauf einige Gläser und kleine Flaschen mit Erfrischungen. Einige Personen waren bereits anwesend und alle Augen nun auf Bernd gerichtet. Er grüßte locker in die Runde und suchte nach einem Platz, der für ihn richtig erschien. Welche Kriterien ihm dabei wichtig erschienen war ihm selbst nicht bekannt. Einer der anwesenden Männer rief ihm zu:

„Kommen Sie zu uns. Hier ist ja noch jede Menge Platz."

Bernd nahm das Angebot gerne und bereitwillig an.

„Ich bin Bernd! Guten Abend zusammen. Ich freue mich auf unseren Austausch und bin schon sehr gespannt. Ich habe mit dem Reporter Kontakt aufgenommen, damit dieses Treffen stattfinden kann", erklärte er und ihm ging es so gut damit.

Die drei Personen, die sich in seiner unmittelbaren Nähe befanden, blickten mit nickenden Köpfen zu ihm. Nach und nach betraten immer mehr

Personen den kleinen Raum. Und dann erschien auch der Reporter, der sich einen Platz am Ende des Tisches suchte.

„Ich begrüße Sie heute Abend alle hier im Namen der Tageszeitung Aktuell. Wir alle haben etwas erlebt, worüber wir sprechen wollen. Den Anlass oder besser gesagt, den Anstoß zu diesem Treffen haben wir Herr Bernd Lesser zu verdanken. Er hat mich kontaktiert und, ich muss zugeben, er hat mich neugierig gemacht. Neugierig auf Ihre Erlebnisse, auf Ihre Berichte und ich freue mich daher auf den heutigen Abend!", erklärte der Reporter.

Alle Anwesenden spendeten ihm Beifall.

„Sie alle haben meinen Artikel gelesen. Und Sie alle haben mehr oder weniger erlebt. Ich würde mich freuen, wenn Sie alle, nacheinander, damit wir alle etwas davon haben, über Ihr Erlebtes berichten. Wer möchte beginnen? Und dann gehen wir einfach im Uhrzeigersinn weiter in der Runde."

Wie nicht anders erwartet stand Bernd auf. Er stelle sich kurz vor und nahm dann weder Platz. Er berichtete der Gruppe von dem Abend auf der Bank, von der weißen Wand, die er gesehen hatte und das er dann von einer fremden Person auf dem Boden aufgefunden wurde. Er machte deutlich, dass er sich das nicht erklären könnte. Und er ging einen Schritt weiter und berichtete von diesem Traum in der Nacht, den er sich nicht erklären konnte. Dann schaute er nach links zu seinem Nachbarn und übergab ihm damit das Wort. Der Reporter der Tageszeitung bedankte sich bei Bernd und schaute nun gespannt auf den nächsten Redner. Und die An-wesenden klatschen.

„Ich war noch an diesem Abend mit meinem Hund Gassi. Wie jeden Abend. Es war auch alles normal. Bis dann plötzlich aus dem Nichts eine weiße Wand auf uns zukam. Genau wie mein Vorredner es beschrieben hat, die Wand wabberte auf uns zu. Es war eigenartig. Ich habe so etwas noch nie gesehen und noch nie erlebt. Ich hatte keine Angst, das möchte ich erklären. Aber es durchzog mich ein Gefühl von Kribbeln und ich dachte, ich sei in einem Film von Stephen King. Als die Wand dann um mich herum zog und plötzlich ganz verschwunden war, hatte ich ein Gefühl, als ob ein kalter Wind aufkam. Mein Hund hatte sich während der ganzen Zeit flach auf den Boden gelegt. Er stand auch erst wieder auf, als ich ihn dazu ermutigte und ein klein wenig an der Leine zog. Wir sind dann sofort nach Hause gegangen:"

Auch jetzt applaudierten die Besucher der Veranstaltung. So berichteten alle Anwesenden über ihre ganz privaten Erlebnisse dieser Nacht. Einige waren dabei sehr emotional, andere sachlich und andere wieder erklärten, dass es wohl ein Spaß einiger Jugendlichen gewesen sein könnte. Über einen Traum, wie Bernd ihn erlebt hatte, konnte jedoch keiner der Gäste berichten. Einige tauschten ihre Kontaktdaten aus, andere wollten die Veranstaltung schnell wieder verlassen. Bernd bat, bevor der erste Besucher verschwand, ihm alle Telefonnummern aufzuschreiben. Mit verkniffenen Gesichtern gingen einige der Gäste, ohne die freiwillige Bekanntgabe der Rufnummer. Andere freuten sich auf einen Austausch mit Bernd. Dann löste sich die Gesellschaft auf. Der Letzte im Raum war der Reporter, der sich eigentlich mehr von diesem Treffen erhofft hatte. Bernd ging noch einmal zu ihm.

„Sollte ich noch einmal Ähnliches erleben, oder gar weitere Infos dazu erhalten, melde ich mich bei Ihnen! Versprochen", erklärte Bernd.

„Ach, noch etwas! Wenn Sie über diesen Abend noch einen Artikel veröffentlichen, dann dürfen Sie gerne meine Rufnummer erwähnen. Wer Interesse hat, wer Infos oder Meldungen dazu hat, der soll sich bitte bei mir melden. Machen Sie das?", fragte er den Journalisten.

Dieser erklärte er müsse erst in der Redaktion vorsprechen und das weitere Vorgehen dort besprechen.

Sollte es einen neuen Artikel geben, würde er ihn anrufen und informieren. Dann verabschiedeten sich die beiden Männer voneinander und jeder ging seiner Wege.

An diesem Abend war Bernd schon etwas früher als sonst auf seiner Bank. Und er wartete. Jedoch, es geschah nichts, was auch nur ansatzweise mysteriös erschien. So machte sich der Enttäuschte gegen Mitternacht auf den Weg nach Hause in sein Bett.

Es verging eine ganze Zeit bevor wieder etwas Sonderbares passierte. Es war an einem Freitagabend. Es muss kurz vor Mitternacht gewesen sein, als Bernd wieder diese weiße Wand erblickte. An diesem Abend kam sie nicht von Gegenüber, sondern sie kam mit dem Flusslauf auf ihn zu. Sie war eindeutig dicker und massiger als beim ersten Mal. Ein kühler Wind streifte seinen Kopf und er schauerte etwas. Ob durch die Aufregung, das Unbekannte oder durch eine wirkliche Kühle, blieb verborgen. Er stand kurz auf und schaute zur auf die ihn zukommenden Wand, die sich immer weiter näherte. Bernd dachte, komm doch zu mir. Ich habe keine Angst vor dir. Er schaute sich in alle Richtungen um, es war jedoch kein anderer Mensch in seiner Nähe zu sehen. Da erreichte ihn plötzlich die Wand und umschloss ihn, wie ein großer Berg Watte. Bernd wurde ganz eigenartig, er zitterte und ging schnell die wenigen

Schritte zurück zu seiner Bank, auf die er sich niederließ. Noch immer war er eingepackt in dieser weißen Masse von Nichts. Er fühlte, er roch, er schmeckte, bemerkte jedoch nichts. Man konnte die Wand nur mit den Augen sehen. Wie lange er so still gesessen hatte, würde er später nur nach einem Blick auf seine Uhr feststellen können. Er hatte jedes Zeitgefühl verloren. Irgendwann war die Wand fort. Bernd erhob sich und schaute an sich herunter. Es war wie immer, er sah keine Veränderungen. Dann machte er sich auf den Weg nach Hause. Erst unterwegs, als er an der Apotheke vorbeiging, sah er die große Uhr an der Hauswand. Sie zeigte in großen blinkenden Ziffern an, dass es kurz nach zwei Uhr war. Hatte er so lange in dieser Wand verbracht? Oder ging die Uhr an der Wand der Gebäudes eventuell falsch? Nun fiel sein Blick auf seine Armbanduhr. Die Zeit war identisch, es war tatsächlich schon so spät. Zu Hause angekommen nahm er auf dem Sofa Platz. Er lies seinen Gedanken einfach freien Lauf. Wohin würden sie ihn führen?

2. Kapitel

Im Nebel

Ich betrat durch die sich automatisch öffnende Eingangstür den großen Supermarkt. Ich hatte mir einen Einkaufswagen genommen und fuhr so durch die einzelnen Gänge. Ab und zu blieb ich stehen, schaute auf die Waren, entschied mich dafür oder dagegen und fuhr dann weiter. Meinen Einkaufszettel hatte ich bereits abgearbeitet. So steuerte ich den Ausgang an. Es gab keine Kassen, nur eine Packstation. Dort lagen Papiertüten und Kartons in unterschiedlichen Größen bereit.

Einige Kundinnen packten ihren Einkauf in teils mitgebrachte Tüten oder entschieden sich für einen kleinen Karton. Einige plauderten miteinander, andere schienen es auch eilig zu haben. Ich entschied mich für einen Karton, den ich dann in den Kofferraum meines Autos stellen konnte. Alles war total entspannt und die Kunden verließen gelöst den Supermarkt. Der Parkplatz war gut besucht. An der Straße, vor dem Supermarkt, befand sich eine Bushaltestelle. Einige Kunden standen dort und warteten auf den Bus. Ich belud mein Auto und fuhr in Richtung der nächsten Tankstelle. Die Tankanzeige stand kurz vor Reserve. Also sollte ich es heute machen. Auf der Tankstelle waren einige Fahrzeuge an den Säulen, ich entdeckte jedoch noch eine freie Tanksäule für mich. Ich tankte voll und fuhr dann direkt nach Hause. An der Ecke meiner Straße befand sich ein sehr liebevoll geführter Blumenladen. Vor dem Geschäft war glücklicherweise ein Parkplatz frei. Ich schaute mich um und suchte mir einen wunderschönen bunten Strauß aus. Die Inhaberin des Ladens, wir kannten uns, ich kam öfter zu ihr, schlug den Strauß in Papier ein und ich verließ winkend das Geschäft. Nun fuhr ich nach Hause. Im Briefkasten lagen meine Tageszeitungen, die der Zusteller gebracht hatte. Ich kochte mir einen Kaffee und begann zu lesen. Neuigkeiten aus der Region, eine neue

Wasserrutsche im Erlebnisbad wurde vorgestellt. Und das Rathaus wurde renoviert und bekam auch einen komplett neuen Anstrich. Ich wurde unterbrochen, meine Nachbarin lud mich für heute Nachmittag zum Kaffeeklatsch ein. Ein Ritual was wir beide nun schon einige Jahre praktizierten. Nicht jede Woche, nicht immer am selben Tag, aber doch mit einer bestimmten Regelmäßigkeit. Wir waren beide alleine, also ohne festen Partner und hatten gemeinsam beschlossen uns das Leben schön zu machen. Mit Ausflügen, mit kleinen Urlauben und anderen Kleinigkeiten, wie einem gemeinsamen Kaffee-plausch mit leckerem Kuchen. Mal bei ihr und mal bei mir. Nun also ging es heute zu ihr.Ich freute mich, sie machte sich manchmal sogar die Arbeit und kreierte nach einem alten Rezept ihre Spezialkuchen. Immer lecker! Ich dachte noch, da hast du ja wieder mit dem Blumenstrauß genau richtig gelegen. Ich würde mir morgen einen neuen besorgen.

Ich ging gegen 16 Uhr zu ihr. Es duftete schon nach Kaffee und auf dem Tisch stand eine Überraschungstorte. Sie begrüßte mich herzlich und erklärte mir dann, sie hätte für später noch eine Überraschung für mich und deutet dabei auf einen kleinen Pappkarton, der auf der Anrichte stand. Wir genossen den Kuchen und den Kaffee und ich schaute immer wieder auf den Karton. Sie bemerkte es und stellte ihn auf den Tisch, nachdem sie das Geschirr in die Maschine gestellt hatte. Dann nahm sie den Deckel ab und griff hinein. Es waren schmale, weiße Schnellhefter, etwas größer als eine Tafel Schokolade. Auf dem Deckel standen Jahreszahlen. Ich hatte eine wage Idee, um was es sich handeln konnte. Sie gab mir einen dieser kleinen Hefter in die Hand und strahlte mich an.

„Nimm ihn gerne in die Hand. Ich habe heute nach einer Sommerbluse gesucht, im Kleiderschrank. Dabei habe ich diesen Karton gefunden. Ist es nicht sensationell? Ich hatte ihn wohl einfach dort vergessen. Unfassbar, wenn man reinschaut!", sagte meine Nachbarin und fing auch in einem Hefter zu blättern.

Ich entdeckte Kontoauszüge! So etwas hatte ich auch mal besessen. Längst hatte ich sie vernichtet, was sollte man auch noch damit. Jetzt jedoch, nach so vielen Jahren, waren sie tatsächlich eine Rarität!

„Kannst du dich erinnern? Wir haben Geld für Miete und Strom, für Heizung und Müll bezahlt?"

„Genau. Und ich habe hier noch Kontoführungsgebühren für den Einsatz einer Kreditkarte am Geldautomaten entdeckt. Wenn wir das unseren Enkelkindern, die wir ja leider nicht haben, erzählen, erklären die uns für irre."

Wir lachten beide herzlich und der Karton wurde wieder verschlossen und sie brachte ihn hinaus.

„Ich werde es aufbewahren. Dann können wir ja in einigen Jahren noch einmal darüber lachen!", erklärte sie noch beim Verlasen des Esszimmers.

Der Nachmittag zog sich hin und irgendwann, es muss so gegen 21 Uhr gewesen sein, ging ich zurück in meine Wohnung. Ich hatte keine Relikte mehr aus der alten Zeit. Allerdings, das stimmte so nicht ganz. Ich besaß noch einen Groschen und ein Zwei - Eurostück. Irgendwann hatte ich die Münzen auch in irgendeiner Rille im Schrank oder zwischen den Sitzen des Sofas gefunden und einfach weggelegt. Man machte schon komische Sachen! Hätte man das gewusst, hätte man mehr aufbewahren können. Eigentlich schade, dachte Bernd und gönnte sich noch ein kleines Bier bevor er zu Bett ging.

3.Kapitel

Einige Tage später. Nach einem Abend auf dem Sofa und einer ruhigen Nacht starte Bernd in den neuen Morgen. Seine erste Aufgabe war es, die neuen Zeitungen zu kaufen. Beim Kaffee blätterte er und entdeckte eine Anzeige des Sportvereins, die am heutigen Nachmittag einen Erstligaverein zu Besuch hatten. Das war ein Ziel, wenn er es am Nachmittag noch wollte. Oft änderten sich auch die Interessen, wenn sich etwas Neues ergab oder Bernd einfach keine Lust hatte, die Wohnung zu verlassen. Einige Tage waren fröhlich und andere eben eher traurig. Tatsächlich rief ihn etwas später ein alter Freund an, ob er

Lust hätte ihn zum Fußball zu begleiten. Nun gab es keine Ausreden mehr und Bernd sagte bereitwillig zu. Sein alter Freund war ein lustiger Geselle, mit dem es immer Spaß brachte, etwas zu unternehmen. Bernd zog sich an um einen Ausflug in die Stadt zu machen. Mal einfach ohne Ziel durch die Geschäfte bummeln, dass hatte er schon lange nicht mehr gemacht. Die kleine Einkaufsstraße konnte er bequem zu Fuß erreichen, so blieb die Suche nach einem freien Parkplatz aus. Zuerst fiel sein Blick auf einen Herrenausstatter. Neugierig betrat Bernd das Geschäft. Er interessierte sich nicht so für Mode und trug immer noch Hosen, denen man teilweise schon ihre Jahren ansah.

Gleich hinter dem Eingang war ein Rundständer mit T-Shirts, die ihm sofort ins Auge fielen. Extra für das Spiel am heutigen Nachmittag bot man die Shirt mit dem Vereinslogo an. Das sollte wohl so sein, dachte Bernd und suchte zwei Shirts in einer Größe aus, die auch seinem Freund sicher passen würde. Damit könnte er ihn heute Nachmittag überraschen. An der Kasse beglich der den Kaufpreis und ein netter Herr des Geschäftes reichte Bernd noch eine Tragetasche und bedankte sich für seinen Besuch und den Einkauf. Glücklich über diesen Fund ging er weiter durch die Straße. Er nahm noch einen Kaffee mit viel Sahne, den er im Stehen vor einem Kaffeegeschäft trank. Dann machte er sich langsam wieder auf den Nachhauseweg und freute sich über seinen Fund. Er bereite sich noch eine Kleinigkeit zum Mittag zu, denn nach dem Spiel würden sie bestimmt irgendwo eine Grillwurst essen. Das gehörte noch immer zum Fußballbesuch dazu. Sein Freund holte ihn ab und war hocherfreut über das T-Shirt. Die Größe passte und nun starteten die beiden Fans. Auf der Straße hielten sie ein zufällig vorbeifahrendes Taxi an, dann sparte man sich wieder die Suche nach einem Parkplatz. Es war nicht weit und schnell hatte das Fahrzeug das Stadion erreicht. Hier war ganz schön was los, auch heute hieß es, frühes Kommen sichert einen Platz. Online gab es keine Karten mehr, daher kauften sie sich am Eingang ihre Karten. Zum Glück gab es noch Restkarten. Wer wollte, nahm sich etwas Trinkbares mit, es wurde überall an den an kleine Kioske erinnernde Stände angeboten. Allerdings auch heute noch nur in Pappbechern, Flaschen waren tabu! Die Stimmung im Stadion war toll, und die Mannschaften liefen bereits ein.

Das Spiel endete unentschieden, so waren alle glücklich und Bernd und sein Freund nahmen sich am Ausgang noch ein Kaltgetränk mit und hielten dann nach der Würstchenbude Aus-schau. Sie stand heute an einer anderen Stelle, immer der Nase nach, dachte Bernd! Sie nahmen jeder eine Thüringer und ein Stücken Brot und machten sich dann auf, langsam kauend Richtung Heimat. Es war ein gelungener Nachmittag und Bernd freute sich auf sein Sofa, als er endlich zu Hause ankam.

Für den nächsten Tag hatte Bernd keine Pläne. Einfach mal entspannen, Zeitung lesen, den TV einschalten und schauen, was es so Neues gab. Es sollte heute einen Bericht von dieser deutschen Automobilgesellschaft mit den zwei Buchstaben geben. Es war ein neues Modell geplant, das wollte sich Bernd ansehen. Vielleicht würde er sich ein neues Auto zulegen, wenn es ihm gefiel. Er hatte schon länger damit geliebäugelt, sein Fahrzeug war auch schon in die Jahre gekommen, obwohl ihm ja eigentlich das Geld dazu fehlte. In den Nachrichten wurde von einer Dürre in Südafrika berichtet. Hilfsorganisationen riefen zu Spenden auf und stellten die geplanten Hilfen vor. Bernd dachte noch, wenn die Gelder bloß da ankämen, wo sie wirklich halfen. Genervt schaltete Bernd das TV-Gerät wieder aus. Im Haushalt gab es immer etwas zu tun, so verging die Zeit wie im Fluge. Im Radio lief gerade ein Bericht über den gestrigen Fußballabend. Bernd schaltete das Radio etwas lauter und sah sich mit seinem Freund im Stadion. Es hatte ihm viel Spaß gemacht und seine inneren Batterien hatte er so wieder mit Hoffnung und Optimismus aufgeladen. Ein kleiner Einkauf stand noch auf der Tagesliste. Etwas Obst und Gemüse und seine Zeitungen. Bernd versuchte immer, möglichst frische Waren im Haus zu haben, er liebte es Obst und Gemüse zu riechen und zu schmecken. Er war kein großer Koch, jedoch frisch zubereitet schmeckte es ihm auch besser. Nach dem Mittag war Entspannung angesagt. Sofa, dazu seine Zeitungen und später gab es eine Tasse Kaffee. Es gab einen Bericht über den wohl teuersten Transfer eines Spielers bei einem diesen großen Fußballvereine der ersten Liga. Ein zweistelliger Millionenbetrag wechselte den Besitzer. Bernd schüttelte den Kopf.

Wohin sollte das noch führen? Fast wie Kopfgeld! Immer wieder schaute Bernd auf seine Uhr. War es denn noch keine Zeit für den Gang zum Fluss und zu seiner Bank? Ihn trieb etwas Unbekanntes an. Das war nicht nur Neugier, es war ein Gefühl, das Bernd so noch nie erlebt hatte. Es kribbelte im ganzen Körper, der Kopf war wie in einer Blase und das Herz raste. Er dachte, ich muss mich zusammennehmen, so geht das nicht weiter. Und dann kam der Fernseher zum Einsatz, der brachte immer Ablenkung. Gegen 20 Uhr machte sich Bernd dann endlich auf den Weg. Absichtlich gelassen schlenderte er den Weg zum Flussufer entlang. Es waren nur noch ganz vereinzelt

Spaziergänger zu sehen. Heute glücklicherweise gab es auch keine Jugendlichen die störten und Lärm machten. Um ganz sicher zu sein, woher diese Träume kamen, hatte er heute auf sein Bier verzichtet und sich einen Fruchtsaft mitgebracht. Vielleicht hatte es ja doch am Alkohol gelegen. Er nahm Platz auf seiner Bank, wie er sie ja immer nannte. Der Fluss schimmerte im Abendlicht und einige Enten schwammen in der Nähe des Ufers entlang. Das Licht irisierte etwas, das war anstrengend für seine Augen. Ab und an fielen sie zu, eine gewisse Müdigkeit überkam ihn. Energisch ging er dagegen an, er wollte hier nicht schlafen. Dann entdecke er, es war mittlerweile 23 Uhr geworden, die

Wand. Sie erschien ihm heute etwas kräftiger und dichter. Sie kam sehr langsam über den Fluss näher. Bernd stand auf und näherte sich dem Ufer. Da blieb die Wand stehen. Er ging einige Schritte zurück in Richtung Bank und die Wand näherte sich ihm wieder. Das wiederholte er noch einige Male. Und es schien als würde die Wand sich mit ihm unterhalten. Er nahm wieder auf der Bank Platz. Die Wand hatte das Ufer erreicht und kroch daran hoch. Nun trennten sie nur noch einige Meter. Es wurde kühler und es kam ein leichter Wind auf, eher ein Hauch. Dieser umschloss Bernd. Dann erreichte ihn die Wand und umschloss ihn.

4.Kapitel

Im Nebel

Während Bernd aufstand überlegte er, wie dieser Tag verlaufen sollte. Er hatte keine Verabredungen und auch für sich persönlich nichts geplant. Er kochte sich eine Kanne Kaffee und entschied sich für ein Croissant, kurz aufgebacken schmeckten sie noch super, auch wenn er sie bereits am gestrigen Tag mitgebracht hatte. Dann schaltete er den Fernseher ein. Es folgte gerade ein Bericht über eine neue Pipeline, die man von der Küste zu einem etwas höher gelegenen Teil des Landes legen wollte. Die Menschen in dem Bericht, er handelte von Afrika, litten oft unter Wasserknappheit und die vorhandenen Leitungen reichten nicht aus. Es gab Entsalzungsanlagen, es gab tiefe Brunnen und Pipelines, die von der Dürre betroffenen Länder mit ausreichend Trinkwasser versorgten. Da, wo es nicht reichte, wurden neue Leitungen verlegt. Niemand sollte ohne Wasser leben, das war ein Menschenrecht! Und zum Glück war es heute kein Thema mehr. Es starb kein Vieh mehr und kein Kind musste an Unterernährung sterben. Ähnlich war es auch in Deutschland. Durch ausreichend Wasser gab es auch ausreichend Nahrung. Keine Firmen bereicherten sich mehr. Womit auch? Alle diese Themen von damals, die sich ums Geld drehten waren wie *weggeblasen. Keine Bestechung mehr, keine Neider und jeder hatte das gleiche Recht, die gleiche Chance und die gleiche Möglichkeit. Früher gab es Obdachlose, oder Wohnungslose, wie man sie auch nannte. Das gehörte der Vergangenheit an. Jeder Mensch hatte seine Wohnung oder sein Haus oder auch nur ein Zimmer, jeder so, wie er es wollte. Keiner litt Hunger oder Durst. Und jeder bekam seine ärztliche Versorgung, egal ob ambulant oder in einem der Hospitäler. Es gab genügend Ärzte und Kranken- schwestern, es gab Hebammen und Pfleger. Oft dachte Bernd an die alten Zeiten und verstand eigentlich nicht, warum die Menschheit hatte so lange gewartet, bis sie das Geld abgeschafft* hatte. Nichts, aber auch gar nichts Gutes hatte es den Menschen gebracht. Nur Neid, Hass, Gewalt, Kriege, Brutalität, Morde und Unzufriedenheit waren die Folge. Lange hatte es gedauert, bis einige Ideengeber endlich gehört wurden. Heute ging es allen Menschen auf der Erde so viel besser. Es war alles da, immer genug zu Essen und zu Trinken, jeder hatte einen Wohnraum, es gab überall Frieden und Zufriedenheit. Jeder ging seiner Arbeit nach, die er gelernt hatte, die ihm Spaß machte. Jugendliche freuten sich auf ihre Ausbildung und auf den Start ins Berufsleben. Wer konnte, wer clever genug war und es wollte, der studierte. Niemand musste auf das

Studium verzichten, weil die Eltern nicht genügend Geld hatten, wie früher zu der alten Zeit. Und es war immer und überall Alles vorhanden. Wer neu Kleidung benötigte, der ging in einen Laden und suchte sich etwas Adäquates aus. Da niemand Geld benötigte, niemand Geld verlangte, gab es auch keine Probleme damit. Die Menschen wurden mit dieser Freiheit auch viel zufriedener. Früher wollten immer alle Bürger mehr, schneller, weiter, besser. Und wenn der Nachbar einen neuen Rasenmäher oder gar ein neues Auto hatte, dann schien es ihm wohl sehr gut zu gehen. Da konnte man nicht mit dem alten Auto fahren. Auch wenn das vorhandene Geld nicht reichte, es musste ein neues Auto her. Es wurde ein Kredit aufgenommen, der dann mit hohen Zinsen zurückgezahlt werden musste. Und das Geld was monatlich fehlte, musste an anderer Stelle eingespart werden. Weniger gutes Essen, weniger Urlaub, weniger Spaß und damit wuchs die Unzufriedenheit. Neid und Gier waren vorhanden. Das gab es heute nicht mehr. Die Menschen fuhren ihre Autos, sie konnten sich ja einen neuen Wagen holen. Aber wozu? Jeder konnte es und damit war die Sucht nach Neu vorbei. Man fuhr das Teil solange es fuhr. Reparaturen besorgte wie immer die Werkstatt, die sich immer freute, wenn sie etwas zu tun bekam. Fahrzeuge, die nicht mehr so schön waren, jedoch noch fahrtauglich waren, bekamen oft Anfänger. Sie hatten damit keine Angst gleich eine Schramme in das Auto zu fahren. Und irgendwann, wenn sie sich sicher fühlten, gaben sie den Alten ab und suchten sich ein neues Fahrzeug aus. Wertstoffe wurden ausgebaut und wiederverwendet. Das Leben war so viel leichter, so viel einfacher und so viel schöner durch die Abschaffung des Geldes geworden. Traurig waren einige ältere Bürger, die früher bei einer Bank gearbeitet hatten. Banken brauchten wir nicht mehr. Die Angestellten hatten sich neue Aufgaben gesucht und auch gefunden. Denn viele der Banker hatten eigentlich gar keine Lust auf ihren Job gehabt. Die, denen es Spaß brachte, waren heute teilweise traurig. Irgendwann würden sie ausgestorben sein, dann würde sich persönlich niemand mehr an diese Zeiten erinnern. Irgendwann würden die Kinder in der Schule im Unterricht Berichte darüber lesen, wie es damals auf der Erde war, als es Geld gab. Frauen und Männer wurden überfallen und ihnen wurde die Geldbörse entrissen. Banken wurden ausgeraubt. Geldtransporter überfallen und oft blieb dabei auch einen Menschen-leben auf der Strecke. Es gab damals eine Bande, die mit Einsatz von Gas Geldautomaten sprengte, um so an die Scheine im Inneren zu kommen. Nichts mehr davon war erforderlich.

Die Menschen gingen freiwillig zur Arbeit. Alle profitierten davon. Jeder machte nur noch das, was ihm Spaß brachte. Es war ein Lernprozess. Das ging damals beim Umbruch nicht sofort. Es gab Schulungen, es gab Berichte und Vorträge. Selbstständige behielten ihre Angestellten, egal ob Bäcker, Schlachter oder Klempner. Sie arbeiteten gerne und kein Arbeitgeber konnte nunmehr seine Leute ausbeuten. Alles ging mit Spaß und Glücklichsein daher. Wer krank wurde, hatte keine Angst zu Hause zu bleiben und sich auszukurieren. Der Arbeitsplatz konnte ihm nicht genommen werden. Einer hatte das Kommando im Betrieb, das war auch weiter so. Da ging es in der Bäckerei als Beispiel darum, was gebraucht wurde, welche Brote gebacken werden sollten. Und mit jedem Tag in der neuen Zeit wurde es selbstverständlicher und es fiel allen leichter.

Längst hatte sich der alte Spruch:

"Die Gier frisst das Hirn"

verabschiedet.

Heute ging es eher nach dem Leitspruch:

"Alle für Einen!" und "Einer für Alle!"

Alles was auf der Erde vorhanden war gehörte uns allen. Rohstoffe wurden nach wie vor aus dem Boden gefördert. Allerdings bereicherte sich daran kein Land. Es gehörte ja allen.

*Das Wort Blutdiamanten kannten wir!
Da starben sogar Menschen für die
Förderung der Steine. Warum, weil
einige noch reicher werden wollen.
Und andere Bodenschätze brauchten
nicht an Warenbörse gehandelt und
verkauft zu werden. Wer etwas
benötigte, bestellte es und bekam es.
Dafür bekamen andere Menschen
andere Dinge, die sie benötigten. Wir
hatten alles Nötige, wir konnten alles
Nötige bekommen. Und es wurde
nichts dafür bezahlt.*

*Und wie war es damals im Sport. Im
Fußball wurden enorme Summen für
den Wechsel eines Spielers vom
Verein B zum Verein M gezahlt. Aber
ehrlich, Menschen waren doch keine*

Waren. Wie konnte es sein, dass ein Sportclub besser abschnitt, weil er es sich aufgrund von Sponsoren leisten konnte, die besten Spieler zu kaufen? Das war immer eine schreckliche Vorstellung. Und es hatte auch nicht mehr mit Sport zu tun. Noch krasser war es beim Thema Korruption. Herr XP hatte viel Geld und konnte so den Bürgermeister der Gemeinde bestechen. So bekam er ganz schnell den Bauantrag für sein Haus, dass sonst gar nicht in den Bebauungsplan der Stadt gepasst hatte. Heute sahen die Städte teilweise anders aus. Nicht alle Giebel in einer Straße zeigten in dieselbe Richtung, so wie früher. Warum auch? Die Städte und Dörfer wurden bunter, freundlicher und menschlicher. Dadurch wurden auch die Menschen fröhlicher. Es war so, als würde es abfärben. Eine lustige Nebenerscheinung. Früher, daran erinnerte sich Bernd, liefen die Menschen oft mit grimmigen Gesichtern durch die Straßen. Heute strahlten alle und waren guten Mutes. Warum auch schlechte Laune haben? Es gab keine Gründe mehr dafür.

Ein anderes Thema früher waren die Politik und die Politiker. Es wurden Unsummen transferiert, damit wurde ALLES möglich gemacht. Firmen bekamen Aufträge, die normalerweise offiziell ausgeschrieben werden mussten. Sie wurden ausgeschrieben, jedoch stand der Gewinner bereits vorher fest. Endlose sinnlose Debatten im Parlament. Es waren sowieso selten alle im Plenarsaal zu sehen. Die meisten Plätze waren frei. Einige schienen wohl in irgendwelchen Ausschüssen zu arbeiten, wenn man das so nennen konnte. Sie alle bekamen riesige Summen von Geld auf ihre Konten gebucht. Dann wurden schlaue und lange Reden gehalten, die nichts brachten. Versprechen waren Versprecher! Alle taten unheimlich wichtig, nur damit sie weiterhin dort tätig sein durften. Einfacher Job mit viel Geld! Als alle Regierungen abgeschafft wurden, kehrte endlich Ruhe ein. Und es gab keine Bevorzugung von Gruppen, wie damals. Alle sind ja bekanntlich vor dem Gesetz gleich. Auch heute gab es ein Gesetz, in dem stand, alle Menschen sind gleich. Alles gehört allen. Mehr brauchte man nicht. Es kam auch zu keinem Streit zwischen den Menschen mehr. Ursächlich für allen Streit war immer das Geld. Die Sichtweise war unterschiedlich. Das Verfahren gleich. Wurden Gerichte eingeschaltet, begann das Unrecht erst richtig. Richter verdienten auch sehr viel Geld! Nicht nur dass die Verfahren endlos dauerten, die Urteile waren in der Regel auch sehr fraglich. Urteile wurden von Menschen gemacht. Wen wunderte es da, dass sie nicht immer objektiv waren? Es war halt so, für den einen war das Glas halb voll und für den anderen

Menschen eben halb leer. Gerichte in der alten Form gab es in der neuen Welt nicht mehr. Kam es zu Streitigkeiten wurde kurzerhand eine kleine Schiedsstelle gebildet, aus Freunden, Nachbarn oder Kollegen. Das ging schnell, war immer gerecht, da man die Beteiligten kannte und auch die beiden Streiter waren involviert. Es ist kein Fall bekannt, in dem es nicht zu einer schnellen Lösung gekommen wäre.

Ein anderes Thema, mit dem Bernd sich durch das Zappen im TV beschäftigte, waren die Machenschaften der Pharmaindustrie. Sie verdienten sich damals dumm und dämlich. Medikamente wurden für enorme Summen an Krankenhäuser, Ärzte und Patienten verkauft. Bernd dachte gerade, das ist ein Wort was es heute nicht mehr gab: verkauft! Die Forschung, so waren die Argumente, mussten ja von irgendjemand bezahlt werden! Kosten, die entstanden oder auch nicht, wurden so nach Zulassung der Medikamente auf den eigentlichen Herstellungspreis aufgeschlagen. Und natürlich wollte die Pharmaindustrie ganz viel verdienen, es gab so viele Beschäftigte, vor allem in den oberen Etagen. Und damit das auch so geschah, mussten die Medikamente verschreiben und verabreicht werden. Dafür waren in erster Linie alle Ärzte verantwortlich. Dafür wurden extra Mitarbeiter beschäftigt. Sie gingen von

Praxis zu Praxis und machten Werbung für die Präparate. Das ist heute schwer zu verstehen. Damals gab es jedoch nicht nur eine Firma, die forschte und herstellte, sondern ganz viele verschiedene. So gab es einen Konkurrenzkampf. Das erklärte also, warum jede Firma ihre eigenen Außendienstmitarbeiter auf die Reise schickte. Bernd fiel ein Zwischenfall aus der Vergangenheit ein. Er erinnerte sich an einen Besuch in seiner damaligen Praxis. Während er auf die Herausgabe eines Rezeptes wartete betrat ein Pharmavertreter die Praxis. Die MTA (Medizinisch Technische Assistentin), sie war eine gute Bekannte von Bernd, stand sofort auf, begrüßte den Mann und dann erhielt sie einige Packungen mit einer Creme. Sie steckte sie sofort in ihren weißen Kittel. Dann ging der Vertreter durch zum Arzt. Der bekam sicherlich mehr als nur eine Hautpflegecreme! Ärzte bekamen Reisen geschenkt. Oder Karten für die Ehrentribüne eines Erstligisten im Fußballstadion. Natürlich mit exzellenter Bewirtung. Es hat auch Geld die Besitzer gewechselt. Gesagt wurde, die Praxis nimmt an einer Medikamentenstudie teil. Pro Patient bekam die Praxis dann eine vorher vereinbarte Summe für die Mehrarbeit. Protokolle, Gespräche und Berichte wurden erstellt und gepflegt. Zugunsten der Praxis lief ein Teil der Beträge, ein anderer Teil ging entweder per Umschlag oder auf das

Konto des Arztes. Und es gab auch einen Skandal zum Thema Krebsbehandlungen. Eine Apotheke verlängerte die Flüssigkeit, die zur Therapie dem Patienten verabreicht wurde. Die Kliniken wussten es nicht und testeten auch nicht vor Verabreichung an die Patienten. Ihnen half der Cocktail nicht, viele starben! Geld machte gierig. Menschenleben zählten da nicht.

Eine große Berufsgruppe, oder besser gesagt, eine Gruppe von angeblich so privilegierten Menschen, wollte Bernd nicht vergessen, wenn er über die alte Zeit nachdachte. In unzähligen Ämtern und Behörden, in Amtsstuben und Büros saßen sie und bekamen dafür ganz viel Geld. Ja, da war es wieder das seltsame Wort der alten Zeit: Geld! Beamte waren weder bessere Menschen noch waren sie auserwählt oder trugen einen Heiligenschein. Viele fühlten sich jedoch so! Sie trafen Entscheidungen. Warum? Weil sie dazu befugt waren, oder einfach gesagt, weil sie es konnten! „Beamte sind auch nur Menschen", sagte ein Spruch aus der alten Zeit. Daneben gab es den Begriff: Beamtenmikado, ein Spiel, wo es darum ging, wer sich zuerst bewegt, hatte verloren. Kinder kennen auch heute das Spiel noch, allerdings mit Holzstäbchen. In Amtsstuben wurde so viel Kaffee getrunken, dass es extra von Firmen aufgestellte Getränkeautomaten gab!

Ganz früher waren die Räume verqualmt, damals durfte man in geschlossenen Räumen noch rauchen. Später wurden Pausen in dafür geschaffenen Räumen gemacht oder man ging einfach auf die Straße oder in den Hof. Kettenrauchen war modern, es sparte Arbeit in den Büros! Und auch Beamten erhielten Geld. Nicht für ihre Arbeit, sondern für Entscheidungen. Korruption und Bestechung, das waren echte Probleme der alten Zeit. Sie machten die Welt und das Leben teilweise nicht nur schwierig, sie verhinderten Änderungen und oft Verbesserungen, sie ließen Frust und Hass entstehen und waren einfach sinnlos. Warum, das fragte sich Bernd so oft, warum hatte es nur so lange gedauert, bis das Geld abgeschafft wurde. Vom ersten Schritt bis zur endgültigen Durchsetzung hatte es Jahre gedauert. Klar, damals hatten ja auch diese Beamten, die Politiker und die ganz wichtigen Ratgeber das Sagen.

5.Kapitel

Bernd erwachte aus seinem Traum. Er brauchte eine Weile um seine Gedanken zu sortieren und richtig zuzuordnen. War das ein Traum gewesen? Er hatte sich doch bemüht nicht einzuschlafen. Oder war er durch diese weiße Wand in einer anderen Zeit gelandet? Er sah an sich runter, alles war wie immer. Er musste hier eine ganze Weile verbracht haben. Langsam stand er auf und ging zurück in seine Wohnung. Er taumelte etwas, was wohl an der Situation lag, an seinen Gedanken und an seiner inneren Unsicherheit und auch daran, dass es auf der Bank nicht gerade bequem war für eine solche lange Pause. Konnte er über diese Art von Träumen mit jemandem sprechen? Würden ihn nicht alle für verrückt halten? Vielleicht sogar zu einem Psychiater schicken? Sollte er den Reporter der Zeitung informieren? Oder eventuell mit den anderen Teilnehmer Kontakt aufnehmen? Bernd war sehr verunsichert. Zu Hause angekommen galt sein Interesse nur noch seinem Bett.

Am nächsten Morgen dauerte es etwas bis Bernd in seinem Leben angekommen war. Langsam stand er auf und schaute in den großen Spiegel im Badezimmer. Er betrachte sein Spiegelbild, strich mit den Händen durch seine zerzausten Haare und kratze sich danach am Kinn. Es war wie immer und dennoch fühlte er eine Veränderung in sich, die er nicht erklären konnte. Es folgte das morgendliche Ritual, Zähne putzen, Haare kämmen, Kaffee kochen und dann ab zum Kiosk. Der Besitzer vom Kiosk würde sich über einen kleinen Plausch freuen. Er genoss den heißen Kaffee. Plötzlich klapperte es an der Haustür. Bernd verharrte einen Moment, er wunderte sich und hatte Angst, es könnten Einbrecher sein. Vorsichtig und ganz leise ging er auf den Flur. Und dann sah er den Grund für das Geräusch. Vor der Wohnungstür im Flur lag ein Briefumschlag. Er ging vorsichtig näher. Kurz blieb er stehen und schaute auf den Boden. Dann bückte er sich und nahm ihn auf und ging damit ins Wohnzimmer. Bernd kratze sich am Kopf, öffnete den Umschlag und lachte laut auf. Es war eine Einladung seiner Nachbarin! So langsam wurde Bernd sonderbar oder kirre. Diese Träume verunsicherten ihn nun sogar schon im Alltag bei einem Brief. So durfte es nicht weitergehen. Dann schalte er den Fernseher ein. Es lief eine Tierdokumentation. Er schaltete durch diverse Sender. Aktuelle Nachrichten und die Börsenkurse. Fast erleichtert schalte das Gerät wieder aus. Es war wie immer. Er stand auf und ging zur Garderobe, zog sich an und verließ seine Wohnung. Der Kiosk stand wie eh und je an seiner Stelle. Der Besitzer winkte ihm zu. Als er sich näherte verabschiedete sich gerade ein Kunde, der diverse Magazine unterm Arm trug. Ein Geldschein wechselte den Besitzer.

„Was kostet dieses Buch?", fragte Bernd den Mann, der ihn anstarrte. Der Kioskbesitzer erklärte, es sei ein aktueller Bestseller und kostete 29,50 €. Er wollte sich den Kauf noch einmal überlegen, erklärte er und entschied sich, wie immer, für die Tageszeitungen. Im Treppenhaus traf er rein zufällig auf seine Nachbarin. Er bedankte sich für die nachmittägliche Einladung und ging weiter! In der

Wohnung gab es dann eine weitere Tasse Kaffee und seine Zeitungen.

Am Nachmittag führte sein Weg dann zu seiner Nachbarin. Wie immer hatte sie Kaffee gekocht und der Kuchen stand auch schon bereit. Sie redeten über Dies und Das. Bernd versuchte, die Gedanken an die seltsamen Träumen zu verdrängen. Jedoch bemerkte die Frau bald, dass es etwas gab, was Bernd beschäftigte.

„Bernd, sag mal, was ist in den letzten Tagen los mit dir? Du bist so in dich gekehrt und ich habe selbst hier beim Plausch das Gefühl, du bist mit deinen Gedanken ganz woanders."

Er nahm allen Mut zusammen und begann dann, seine Gedanken zu formulieren. Er berichtete ausführlich von der weißen Wand. Er erklärte seine Gefühle dabei und danach. Seine Nachbarin schaute verwundert und hatte dann zahlreiche Fragen an ihn. Bereitwillig beantworte Bernd alle Fragen und sie hörte interessiert zu.

„Sorge dich nicht Bernd! Es ist alles in Ordnung. Wir alle haben manchmal komische Träume. Ich fliege oft. Also nicht im Flugzeug sondern selbst. Hände breit und ab geht die Post! Das ist total schön und ich bin dann immer total traurig, wenn ich erwache. Und bei dir ist es eben genau anders. Du hast Angst nach den Träumen. Nimm es nicht so schwer."

Bernd berichtete von dem Treffen mit anderen Personen, die etwas Ähnliches erlebt hätten. Er zeigte ihr online den Bericht des Journalisten und erklärte, er hätte mit einigen anderen Personen gesprochen. Seine Nachbarin kräuselte die Stirn und schaute verwundert zu ihm.

„Sag mal, kann es sein, dass dieser Journalist eine Story brauchte? Vielleicht waren die anderen Teilnehmer gekauft oder es waren seine Kollegen. Denkbar wäre alles."

Bernd wurde still. Scheinbar glaubte sie ihm auch nicht. Genau das hatte

Bernd erwartet. Er bedauerte fast schon, ihr davon berichtet zu haben. Nun war es zu spät. Er hatte berichtet und konnte es nicht rückgängig machen. Er würde jetzt das Thema wechseln und nie wieder mit ihr oder einer anderen Person darüber sprechen. Auch nicht mit dem Journalisten der Zeitung. Und sollte er sich noch einmal bei ihm melden, würde er einfach auflegen. Damit wollte er sich nicht noch mehr verunsichern lassen. Er wusste, er hatte diese Wand gesehen, er hatte sie erlebt und er hatte auch diese besondere Art von wiederkehrenden Träumen. Vielleicht war das eine besondere Strafe für etwas, was er verzapft hatte? Oder er hatte irgendwelche Kräuter zu sich genommen, ohne es zu wissen. Eine Art von Drogen. Könnte doch sein. In Lebensmitteln wurden schon schlimmere Dinge, wie Insekten, Eheringe und abgetrennte Finger gefunden. Der Rest des Tages war ganz normal und Bernd beruhigt sich wieder. Beim Abendbrot kam ihm eine Idee. Wenn er künftig nicht mehr zu seiner Bank gehen würde, dann würde er die weiße Wand nicht mehr sehen und sie würde ihn nicht mehr erreichen. Dann würden doch sicherlich diese Träume enden. Und so war alles wieder im Normbereich. An diesem Abend ging Bernd zeitig ins Bett und hatte richtig Schwierigkeiten einzuschlafen. Ihn verfolgte die Angst vor diesen Träumen. Irgendwann nahm ihn dann Morpheus in seine Arme und er schlummert tief und fest. Am nächsten Morgen war tiefenentspannt und glücklich.

Bernd blieb seiner Bank fern. Und damit blieben auch die sonderbaren Träume aus. Teils war er traurig, teils freute er sich. Das Wissen aus den Träumen jedoch beschäftigte ihn sehr lange. Seine Gedanken sahen die Umsetzung, die er jedoch nicht mehr erleben würde!

Nachtrag

Schon so oft habe ich mir Gedanken gemacht über das Leben in dieser Zeit. Den Spruch „Früher war sowieso Alles besser" hört man immer wieder. Stimmt das denn wirklich? Ich glaube es trifft nur teilweise zu. Es nutzt uns jedoch nichts, ehrlich gar nichts, in der Vergangenheit zu wühlen oder sich darüber Gedanken zu machen. Das Leben findet im Hier und Jetzt statt. Was wir allerdings gerne machen dürfen, ist über die Zukunft nachzudenken. Was könnten wir ändern um das Leben zu verbessern? Jeder Einzelne oder die ganze Menschheit könnte daran arbeiten.

Nicht so einfach. Wie auch? Wir sprechen alle unterschiedliche Sprachen. Wir haben alle unterschiedliche Ziele. Und wir erwarten alle etwas anderes vom Leben. Ich auch, genau wie meine Nachbarn und die Fleischeierfachverkäuferin im Supermarkt. Da gibt es noch Politiker und Machthaber, die sich schon in ihren Erwartungen an das Leben von mir unterscheiden. Alle Menschen möchten jedoch glücklich, frei, zwangsfrei, gesund und voller Hoffnung leben. Ich habe einige Zeit darüber nachgedacht und da kam mir diese Idee. Sie ist relativ radikal, das werden Sie mir bestätigen. Ich bin gespannt, wie Ihre Meinung dazu sein wird! Ich hoffe, Antworten zu bekommen. Und ich bin gespannt, wie viele Leser und Leserinnen ich erreichen werde!

Meine Oma hätte mir auch nie geglaubt, dass es so einen kleinen Kasten gibt, kaum größer als eine Schachtel Zigaretten, mit dem man telefonieren kann, Fotos machen kann, ins Internet kommt, dass es ja damals noch nicht einmal in einer Idee gab. Außerdem braucht man nicht weiter um stundenlang kostenfrei Musik zu hören! Und E-Mail, die auch noch keiner kannte, lesen und schreiben kann. Man telefoniert sogar und kann seinen Gesprächspartner sehen! Unfassbar hätte meine Oma gesagt.

Wer weiß also, ob die Idee des Buches nicht tatsächlich irgendwann in die Realität umgesetzt wird.

Kein Ende,

sondern vielleicht ein Anfang!

Die Autorin Susanne Hottendorff ist in
Hamburg geboren. Nach ihrer
Ausbildung zur Bankkauffrau arbeitete
sie 30 Jahre lang als Kundenberaterin
bei der Hamburger Sparkasse. Im Jahr
2000 zogen sie und ihr Mann nach
Südspanien, an die Atlantikküste
Andalusiens. Hier begann Susanne
Hottendorff mit dem Schreiben. Zuerst
waren es Artikel in deutschsprachigen
Magazinen, dann folgte ihr erstes
Buch. Seither sind zahlreiche Krimis,
die teilweise in Deutschland und
teilweise in Spanien spielen,

Kurzgeschichten und Fachbücher erschienen.

Zwischenzeitlich absolvierte die Autorin nacheinander mehrere Aus - bildungen.

*Fachkosmetikerin

*Heilpraktikerin

*Psychologischen Beraterin

*Entspannungspädagogin

*Reiki-Meisterin (schon länger)

*Mittlerin zum Schamanismus

Heute leben die Autorin und ihr Mann noch immer in Spanien. Daran wird sich auch nichts mehr ändern!

www.susanne-hottendorff.com